La strega della montagna

Premio Andersen - Baia delle Favole 1993
alla migliore collana
di narrativa per ragazzi

Premio Nazionale di Poesia e Fiaba Alpi Apuane
"Collana d'Oro" 1996

Gloria Cecilia Díaz

La strega della montagna

Illustrazioni di

Emilio Urberuaga

PIEMME
Junior

Titolo originale: La bruja de la montaña
© Gloria Cecilia Díaz, 1990
Ediciones SM
Joaquín Turina, 39-28044 Madrid

Traduzione a cura di Attilio Locatelli

I Edizione 1994

15033 Casale Monferrato (AL) - Via del Carmine, 5
Tel. 0142/3361 - Telefax 0142/74223

A *Helena*

La strega della montagna
più piccola
raccolse il suo cappello
e guardò con tristezza
la scopa volante.
Non avrebbe più potuto usarla, ormai,
perché era appena andata a sbattere
contro uno degli alberi
che circondavano la sua capanna.
La scopa era andata
in pezzi
ed era la quinta scopa
che faceva quella fine.

La strega sentì
un forte bruciore al viso.
Presse uno specchietto dalla borsa
e vide il suo volto coperto di graffi.
Furente urlò:
– Abbatterò tutti questi alberi!
Tutti!
Nell'udire quella minaccia
gli alberi rabbrividirono.
I loro rami si agitarono
impauriti.

Il vento gemette tristemente
e l'intera montagna capì
che qualcosa di molto grave
stava per succedere,
perché la strega
era davvero inferocita.
– Vi abbatterò! –
ripeteva.
– Non posso spaccare altre scope.

Le scope volanti
costano troppo.
Non rimarrà un solo albero
su questa montagna!
Quando la strega si stancò
di urlare e minacciare,
rientrò nella capanna.
La montagna era
veramente disperata.

Si fece buio.
Gli alberi,
sempre più impauriti,
gemevano,
piangevano
e discutevano
sul modo di uscire
da un simile guaio.
Amavano quella montagna.
Erano cresciuti lì
da quando erano nati.
Erano parte di lei.

La civetta che abitava
sulla quercia più vecchia
della montagna
era molto triste.

Stavano per abbattere la sua casa:
una bellissima quercia che,
oltre a offrirle un rifugio,
era sua amica.

Gli scoiattoli che abitavano
nell'albero a fianco
non potevano dormire.
Si erano riuniti
attorno a un corvo
di passaggio,

che consigliava loro
di trasferirsi in un'altra montagna.
Ma gli scoiattoli,
come gli alberi,
appartenevano alla montagna più piccola
e non volevano abbandonarla.

A mamma scoiattolo
frullava un'idea in testa.
Con un po' di timidezza
la comunicò agli altri:
– Potremmo parlare
con le altre streghe...
– Parlare con le altre streghe! –
esclamarono gli altri scoiattoli.

Per poco la civetta
non caddé giù dall'albero.
– Chiamare le altre streghe?
Questo scoiattolo è pazzo – mormorò.
– Non è una cattiva idea –
disse il corvo.
Incominciarono a discutere
e continuarono per tutta la notte.

Spuntò il sole
che, filtrando fra i rami,
illuminò tutta la montagna.
I suoi raggi penetrarono
nella casa della strega
e la svegliarono.
La strega si alzò dal letto e
le venne in mente
che aveva
qualcosa di molto importante da fare
quel giorno.
– Aha, aha, aha!!!
Oggi farò
una bellissima pista di atterraggio.
Abbatterò tutti gli alberi
della mia montagna,
così non andrò più a sbattere.
La montagna rimase senza fiato
quando vide arrivare la strega
con l'accetta in spalla.

Improvvisamente
il vento incominciò a soffiare.
Gli animali abbandonarono le tane,
i rifugi sugli alberi,
i nidi,
per formare una barriera
fra la strega e gli alberi.
La strega, però, li allontanò
pronunciando alcune parole magiche.
Gli uccellini
le beccarono il cappello
e la mano che stringeva l'accetta,
ma lei non se ne accorse neppure.
E neanche sentì il profondo lamento
che usciva dal cuore
della montagna più piccola.

Proseguì per la sua strada dirigendosi verso gli alberi. Camminava e fischiettava, immaginando già la montagna pelata, senza più tronchi né rami. Libera da tutto ciò che le impediva di compiere un perfetto atterraggio.

Di colpo qualcosa la fece fermare. Un suono che conosceva bene: il rumore delle scope in volo.

– Le streghe! –
gridò mamma scoiattolo.
Tutti guardarono il cielo
e in quella mattina soleggiata
videro apparire
una fila di streghe
a cavallo delle loro scope volanti.
Le streghe sorvolarono la capanna
e atterrarono
senza neanche sfiorare un ramo.

Una strega dai grandi occhi verdi
scese dalla scopa e chiese
alla strega della montagna più piccola:
– Cosa vuoi fare, Alina?
Dove vai con quell'accetta?

– Io..., beh..., dunque... –
la strega Alina
non sapeva cosa rispondere.
Gli animali osservavano la scena
e non osavano dire una parola.
– Vuoi tagliare gli alberi,
vero?
Ieri notte
abbiamo sentito il lamento disperato
della montagna più piccola e più bella.
No, Alina,
tu non abbatterai quegli alberi –
disse con tono deciso
la strega dagli occhi verdi.

Mamma scoiattolo guardò gli altri animali come per dire: «Avete visto? Avevo ragione. Non è stata una cattiva idea quella di chiamare le altre streghe».

– Se distruggi gli alberi,
non avrai più ombra,
Alina –
spiegò una strega magrolina
dai capelli bianchissimi.

Una dopo l'altra,
le streghe aggiunsero:
– Se tagli gli alberi,
la terra diventerà secca.
– Gli uccelli se ne andranno.
– Gli scoiattoli partiranno
in cerca di un altro rifugio.
– I fiori moriranno.
– Senza alberi,
non ci saranno nemmeno i frutti.
– E con i fiori,
le farfalle e gli uccelli,
scompariranno anche i colori della
montagna.
– Nessun trillo rallegrerà la mattina.

– Il canto dei grilli
non ti farà più addormentare la notte.
– Probabilmente
neppure l'arcobaleno
apparirà su una montagna così triste –
concluse una strega grassa
che era a cavallo di due scope.
Alina la guardò meravigliata.
Ma certo,
senza gli alberi
la montagna non sarebbe stata più
la stessa.
Era stata sul punto
di commettere una sciocchezza.
Però..., le sue scope?

– Come farò ad atterrare? –
trovò il coraggio di chiedere Alina.
– Ogni volta che ci provo
vado a sbattere contro gli alberi.
– Imparerai ad atterrare
senza toccare neanche un ramoscello.
– Ti insegneremo noi – le disse
la strega dai capelli bianchi.

E aggiunse:
– Non c'è tempo da perdere,
incominceremo subito le lezioni.
– Malia –
disse alla strega grassa
– le insegnerai tu.
E anche tu, Eliana –
disse a una strega bassina,
con una treccia
che le arrivava a metà della schiena.

Le streghe diedero ad Alina
una scopa nuova
e presero il volo.
Allora il vento si mise
a fischiare allegramente.
A quel suono gli alberi e gli animali
ballarono gioiosi
e l'intera montagna
tirò un sospiro di sollievo.

Il corvo
salutò i suoi amici
gracchiando di felicità,
mentre stormi di uccelli
svolazzavano tra i rami.

Malia, Eliana e Alina sorrisero vedendo la gioia della montagna.

Alina osservò la sua nuova scopa, poi, senza esitazioni, vi salì con un balzo.

– Ah no! – esclamò Malia
– Non si sale così
su una scopa volante.
Alina scese
di corsa
e, nella fretta,
inciampò e cadde.
Eliana scoppiò a ridere.

– Ecco perché ne rompi tante – disse Malia.

Presese con delicatezza la scopa di Alina e le fece vedere in che modo doveva salire e scendere, senza fretta.

– La scopa, Alina, non deve stare per aria.

Basta
poggiare a terra la ramatura,
ed è fatta.
Poi la prendi
come se fosse un cavallino,
inclini il manico,
e la fai
sollevare lentamente.
Dài, Eliana,
mostrale come si fa.
Eliana prese la scopa,
si alzò da terra dolcemente,
e fece un piccolo giro
intorno ad Alina,
dicendole:
– Le scope volanti
vanno trattate
con dolcezza e affetto.
Vedi, Alina,
sono più leggere del vento.

Sono come un ramoscello
che può spezzarsi
al minimo movimento brusco.
  Alina guardò la scopa
come se la vedesse per la prima volta.
Era così delicata
una scopa volante?
Le tornò in mente
che una volta aveva preso la sua scopa
per spazzare il cortile
dietro la capanna.
Non appena
aveva incominciato ad usarla
il manico si era spezzato.
Non ne aveva mai parlato con nessuno.
Si rese conto solo allora
che le scope volanti
non sono fatte per scopare.
  – Io so volare – disse Alina
– ma non riesco ad atterrare
con tanti alberi in giro.
  – No, Alina,
la colpa non è degli alberi.
Vedrai.

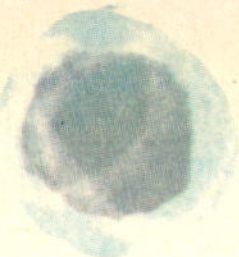

La strega Malia
salì sulle sue due scope.
Malgrado fosse molto grassa,
si sollevò dolcemente,
leggera come una piuma.
Volò al di sopra degli alberi
e, dopo aver fatto un giro
intorno a un bellissimo pino,
incominciò a scendere
ondeggiando.
In quel modo
evitò i rami.
Pochi secondi dopo
atterrò delicatamente
fra Alina ed Eliana.

Alina rimase a bocca aperta.
– Non ce la farò mai –
disse, rivolgendosi a Malia.
– Certo che ce la farai.
Dài, prendi la tua scopa.
Alina si precipitò verso la scopa

e vi salì con un balzo.
– No, non così! Piano.
Prova un'altra volta –
le ordinò Malia
grattandosi il capo
con impazienza.

Alina scese dalla scopa
e risalì
con più delicatezza.
– Adesso sollevati lentamente,
molto lentamente –
le disse Eliana.

Alina si staccò da terra,
seguita da Malia.
Si sentiva leggera, contenta.
Com'era diverso volare senza fretta!
Era come navigare
su un mare invisibile.

Alina sorvolò gli alberi.
Contemplò dall'alto
il bel verde della sua montagna.
Tutto procedeva bene,
quando decise
di volare intorno al pino,
come aveva fatto Malia.
Fece una capriola
e perse il controllo della scopa,
che cominciò a girare
come una trottola.

– Fulmini e saette!
Alina, frena!
Parla alla tua scopa,
dille di andare più piano! –
le gridò Malia.
– Scopina..., scopina...,
non andare così veloce, per favore –
disse Alina
un po' spaventata e stupita,
perché non sapeva
che si potesse parlare
con le scope.
A dire la verità,
c'erano molte cose che lei ignorava.

La scopa ubbidì
e allora Malia potè avvicinarsi
ad Alina.

– Adesso incominciamo a scendere,
Alina.
Mi raccomando,
non farmi perdere la pazienza.

Scesero lentamente.
Malia era davanti, Alina dietro.

– Guarda bene
come evito i rami, Alina.

Alina la imitò.
Ma proprio quando stava
per toccare terra,
non riuscì a evitare
il ramo più basso di una quercia
e andò a sbattere il naso
contro il tronco.

– Tuoni e fulmini! –
esclamò Eliana
correndo ad aiutare Alina.

Nonostante le girasse un po' la testa
e fosse piena di graffi,
Alina pensò soltanto alla sua scopa.

– Ne ho rotta un'altra –
mormorò, con le lacrime agli occhi.
– No, non si è rotta –
le disse Eliana affettuosamente.
Malia si grattò il capo
e disse che ne aveva abbastanza
per quel giorno.
Le streghe accompagnarono Alina
fino alla sua capanna,
poi ripartirono.

Il giorno dopo
continuarono le lezioni.
Tutta la montagna
osservava con attenzione
il viavai delle streghe.
E ogni volta che toccava
volare ad Alina,

gli scoiattoli, gli uccelli
e perfino le farfalle
correvano a nascondersi.
I poveri alberi
cercavano di tenere fermi
i loro rami,
per non peggiorare le cose.

Per un'intera settimana,
Eliana e Malia
fecero lezione ad Alina,
che scoprì,
poco a poco,
le meraviglie del volo
e i segreti dell'atterraggio.
Gli animali smisero di nascondersi
e i rami degli alberi non tremarono più.
Il vento
accarezzò la strega con dolcezza,
quando lei, lassù nel cielo,
girò intorno al bel pino
e atterrò
senza sfiorare nemmeno
il ramoscello di un albero.

Malia ed Eliana erano soddisfatte.
Sabato,
ultimo giorno di lezione,
Alina si levò in cielo da sola.
Sorvolò la montagna più piccola
e dopo aver contemplato
le folte chiome degli alberi,

scese lentamente.
A terra trovò una folla di streghe
venute
da tutte le montagne
per vedere
il più bell'atterraggio
che Alina avesse mai fatto.

Stampa: Istituto Grafico Bertello - Borgo S. Dalmazzo (CN)